JUMP COMICS

NARUTO
-ナルト-

巻ノ二 最悪の依頼人

岸本斉史

カカシ

イルカ

三代目火影（だいめほかげ）

前巻のあらすじ（ぜんかん）

ここは木ノ葉隠れの里。忍者学校（にんじゃアカデミー）の超問題児、ナルトは毎日、イタズラ三昧（ざんまい）！！だがナルトには出生（しゅっせい）の秘密があった。ナルトは自分を利用（りよう）して巻物（まきもの）を奪おうとした教師、ミズキから自分に里を襲った妖狐（ようこ）が封印（ふういん）されていることを知る…。しかし身を挺（てい）して自分を守ってくれたイルカの行動（こうどう）がきっかけとなってナルトは忍者（にんじゃ）として目覚めた！！

だが本物（ほんもの）の忍者になるためには、まだ試練（しれん）があった。サスケ、サクラとともに教師、カカシからスズを奪い取る（うばいとる）サバイバル演習（えんしゅう）でナルトは自分の未熟（みじゅく）さを思い知る。そしてバラバラの三人（にん）にカカシは「忍者（にんじゃ）をやめろ！」と宣言（せんげん）した…。

NARUTO
－ナルト－

巻ノ二

最悪の依頼人

もくじ

3人とも

忍者を
やめろ

✦8：だから不合格だってんだ!!

昼めしに
ワシを誘って
何が知りたい

ナルト達
第7班の上忍…
どんな先生なん
です？

厳しい方なん
ですか？

カカシのことか…

…気に
なるのか…
ホレ！

カカシの今まで
担当した下忍の
合否リストだ

パラ

こ……
これって…！

忍者やめろって

どーゆーことだよォ!!

そりやさ!そりやさ!

確かにスズ取れなかったけど!

なんでやめろまで言われなくちゃなんねェんだよ!!

どいつもこいつも忍者になる資格もねェガキだってことだよ

お前ら忍者なめてんのか

あ！？

何の為に班ごとのチームに分けて演習やってると思ってる

え！？

…どーゆーこと？

つまり……

お前らはこの試験の答えをまるで理解していない……

ぐっ

答え…！？

そうだこの試験の合否を判断する答えだ

だから……

さっきからそれが聞きたいんです

あ、も〜〜〜！だから答えって何なんだってばよォ!?

・・・・・・・・・・・

・・・ったく

チームワークだ

それは

！

・・・って・・・ちょっと待って！

3人でくれば・・・スズを取れたかもな

！

なんで
スズ2つしかないのに
チームワークなわけェ？

3人で必死に
スズ取ったとして
一人我慢しなきゃ
なんないなんて

チームワーク
どころか
仲間割れよ！

ザッ

当たり前だ！
これはわざと
仲間割れするよう
仕組んだ試験だ

え！？

!!

この仕組まれた
試験内容の
状況下でもなお

自分の利害に
関係なく

チームワークを
優先できる者を
選抜するのが
目的だった

!!

それなのに
お前らときたら

どこに居るのかも
分からない
サスケのことばかり

…サクラ…
お前は目の前の
ナルトじゃなく

サスケ！
お前は2人を
足手まといだと
決めつけ

個人プレイ

ナルト！
お前は一人で
独走するだけ

任務は班で
行う！

たしかに
忍者にとって卓越した
個人技能は必要だ

が それ以上に
重要視されるのは
"チームワーク"

チームワークを乱す個人プレイは仲間を危機に落とし入れ

！

？

殺すことになる

……例えばだ……

サクラ！ナルトを殺せ

さもないとサスケが死ぬぞ

え!!?

!!

……

と…こうなる

人質を取られた挙げ句　無理な2択を迫られ殺される

ス…

ホッ

なんだあ…ビックリしちゃった

任務は命がけの仕事ばかりだ！

これを見ろ

この石に刻んである無数の名前

これは全て里で英雄と呼ばれている

すでに忍者達だ

それそれそれそれーっ!!それーっ!!それいーっ!!

オレもそこに名を刻むってことを今決めたーっ!!

英雄!英雄!犬死になんてするかってばよ!!

フン…

！

ねえ!ねえ!

……

じゃあどんな英雄達なんだってばよォ!

へ——え——

…が

ただの英雄じゃない……

任務中殉職した英雄達だ（死んだ）

!!!!
．．．．

これは慰霊碑

この中にはオレの親友の名も刻まれている……

16

挑戦したい
奴だけ 弁当を
食え

ただし
ナルトには
食わせるな

え？

…お前ら…！
最後に もう
一度だけ
チャンスをやる

ただし
昼からは
もっと過酷な
スズ取り
合戦だ！

ここではオレが
ルールだ

分かったな

ルール破って
一人昼めし食おう
としたバツだ

もし
食わせたりしたら
そいつを その時点で
試験失格にする

ちょ…ちょっとサスケ君さっき先生が!!

大丈夫だ今はアイツの気配はない昼からは3人でスズを取りに行く

足手まといになられちゃこっちが困るからな

!!
バッ

ガッ…‥

サスケ君…

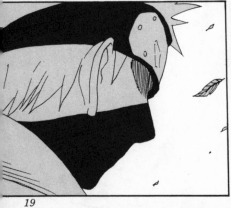

サクラちゃん…

ありがと…

へへ

カカシのテストは
ちと難しい
かも知れん…

子供は
素直なもん
じゃからのォ…

だ…
だからって
…これ…

そ…
そんな…

全くの

0じゃ
ないですか…!

そう…カカシは
今まで一人も
合格者を
出しておらん

全て
全滅しておる…

合格!?

なんで!?

お前らが初めてだ

今までの奴らは素直にオレの言うことをきくだけのボンクラどもばかりだったからな

？

え？

忍者は裏の裏を読むべし

忍者の世界でルールや掟を破る奴はクズ呼ばわりされる

……

けどな！

仲間を大切にしない奴は

それ以上のクズだ

カッコイイ…

なんか…
なんか…

ポッ

フン…

アハ…

忍者！忍者！！忍者！！！

いえ～～～い！！

やったああって ばよォ！！！ オレ

よォーし！
第7班は 明日より
任務開始だァ！！！

これにて 演習終わり
全員合格！！

ミュビ！！

…めでたく 正式に忍者となった ナルト…
はたして この先 いかなる任務が 待っているのか！
…お楽しみに！！

って！ ビーせ こんな オチだと 思ったってば よォ！
縄ほどけェ！！

帰るぞ

サッ！

しゃーんなるー！！

じた ばた

あまり表じょうを
かえない…

わんぱく

ハノ葉れ・

教師

フムッ

エビス

勝負で
じじい!!!

教師

最張
コレ

これは木ノ葉丸とその教師、エビスの初期設定。

木ノ葉丸はデザインするのにかなり苦労した覚えがあるなあ。ナルトより小さな子でいて、わんぱくっぽい子供という設定だったので、ボクの中でナルトとイメージがかぶっちゃうんです。どーしても。

で、目の大きなかわいいクリクリっとした子供も描いてみましたが、まるで納得いかない。よくどこかで見たような顔になっちゃう…。

そこで逆に目の小さなプリプリ顔を描いてみるとこれがなんとも、ぶさかわいくて…これだ！と決定してしまいました。

その点、教師のエビスなんて上のカット１つで決まっちゃいました。…けどエビスのデザインはボク的にも気にいってます。なんか…。

つっかまえたぁーーっ!!!

ニャーーー!!

終了!

よし 迷子ペット "トラ" 捕獲任務

ターゲットに間違いない

右耳にリボン…目標のトラに間違いないか?

イテテ イテェ バア!!

ニャーーー!!

火の国 大名の妻 マダム・しじみ & トラ

ああ！私の
かわいいトラちゃん
死ぬほど心配
したのよォ～～

ギャハハ
ざまーねェーってば
よあのバカネコ！

逃げんのも
無理ないわね
アレじゃ

…さて！

カカシ隊第7班の
次の任務はと…

ん……
老中様のぼっちゃん
の子守りに
隣町までの
おつかい
イモほりの
手伝いか……

ダメ——ッ!!
そんなのノーサンキュー!!

オレってはもっとこう
スゲェー任務がやりてーの！
他のにしてェ!!!

バッ

一理ある…

も
めんどい
ヤツ!!

ハー
そろそろ
ダダこねる頃だと
思った

バカヤロー!!
お前はまだペーペーの新米だろーが!

誰でも初めは簡単な任務から場数を踏んでくり上がってくんだ!

だってだって!
この前からずっとショボイ任務ばっかじゃん!!

ふ〜〜やれやれ

いいかげんにしとけ!
こら!

ナルト!
お前には任務がどーいうものか説明しておく必要があるな……

いいか!
里には毎日多くの依頼が舞い込んでくる

子守りから暗殺まで

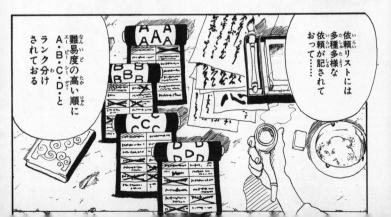

依頼リストには多種多様な依頼が記されておって……

難易度の高い順にA・B・C・Dとランク分けされておる

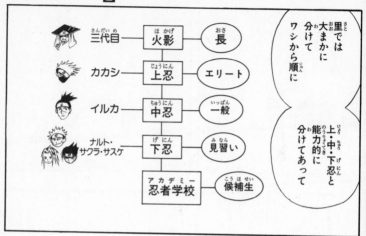

里では
大まかに
分けて
ワシから順に

上・中・下忍と
能力的に
分けてあって

三代目	火影	長		
カカシ	上忍	エリート		
イルカ	中忍	一般		
ナルト・サクラ・サスケ	下忍	見習い		
	アカデミー 忍者学校	候補生		

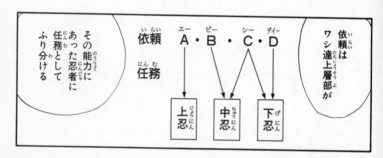

依頼は
ワシ達上層部が

その能力に
あった忍者に
任務として
ふり分ける

依頼
A・B・C・D
任務

↓ ↓ ↓
上忍　中忍　下忍

で……
任務を
成功させれば

依頼主から
報酬金が
入ってくると
いうわけじゃ…

とは言っても
お前らはまだ
下忍になった
ばかり

Dランクが
せいぜい
いいとこじゃ

きのうの昼は
とんこつだったから
今日はミソだな

きけェ
エェイ!!!

ど…どーも
すみません

あ
ーあ!

そうやって
じいちゃんは
いつも説教
ばっかりだ

けど
オレってば
もう…!
いつまでも

じいちゃんが
思ってるような
イタズラこぞうじゃ
ねェんだぞ!

あーあ
あとでどやされんな
…オレ

お前が そこまで 言うなら

分かった

え？

Cランクの 任務を やってもらう

……ある人物の 護衛任務だ

フフ イタズラでしか 自分を 表現できなかった コイツが……

アハ！

ンガン

……入って来て もらえますかな

そう慌てるな 今から紹介する！

だれ？だれ？ 大名様！？ それとも お姫様！？

ガラ…

火

ワク ワク

これから護衛するじいさん殺してどーするアホ

!!!ぶっ殺す

バタバタ

！

わしは橋作りの超名人 タズナというもんじゃわい

わしが国に帰って橋を完成させるまでの間 命をかけて超護衛してもらう！

出発——っ!!

何はしゃいじゃってんのアンタ

おい!……本当にこんなガキで大丈夫なのかよォ!

ハハ……上忍の私がついてますそう心配いりませんよ……

だってオレってば一度も里の外に出たことねェーからよ

キョロ キョロ

このじじいだきゃ~~~ったく…最悪の依頼人だな!ここは一発びしっと…

コラ じじい!あんまり忍者をなめんじゃねェーぜ!

オレってばスゲーんだからなぁ!

いずれ 火影の名を語る
超エリート忍者！
…名を

うずまき
ナルトという
覚えとけ!!!

火影っていや―
里一番の
超忍者だろ

お前みたいのが
なれるとは
思えんが

だーうっさい!!

火影になるため
にオレってば
どんな努力も
する覚悟だっ
てーの!!

オレが
火影になったら
オッサンだって
オレのこと認め
ざるをえねェー
んだぞ!!

認めやしねーよ
ガキ…

火影に
なれたとしてもな

ぶっ殺す!!

だからやめろ バカ コイツ

ねえ…タズナさん

何だ?

タズナさんの国って"波の国"でしょ

それがどうした

いや波の国にたいていの忍者はいない

…が他の国には

文化や風習こそ違うが隠れ里が存在し忍者がいる

ねえ……カカシ先生…

その国にも忍者っているの?

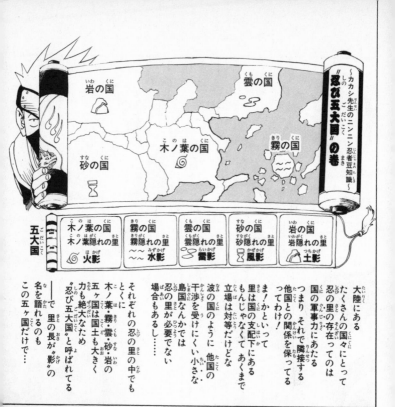

岩の国

雲の国

木ノ葉の国

砂の国

霧の国

五大国		
木ノ葉の国 木ノ葉隠れの里 火影	霧の国 霧隠れの里 ～～ 水影	雲の国 雲隠れの里 雷影	砂の国 砂隠れの里 風影	岩の国 岩隠れの里 土影

大陸にある
たくさんの国々にとって
忍びの里の存在ってのは
国の軍事力にあたる

つまり それぞれに隣接する
他国との関係を保ってる
ってわけ！

ま！かといって
里は国の支配下にある
もんじゃなくて あくまで
立場は対等だけどな

波の国のように 他国の
干渉を受けにくい 小さな
島国なんかでは
忍びの里が必要でない
場合もあるし……

それぞれの忍びの里の中でも
とくに
木ノ葉・霧・雲・砂・岩の
五ヶ国は国土も大きく
力も絶大なため
"忍び五大国"と呼ばれてる

――で 里の長が"影"の
名を語れるのも
この五ヶ国だけで…

その火影・水影・雷影・風影・土影の
いわゆる『五影』は
全世界 各国何万もの忍者の
頂点に
君臨する忍者たちだ

忍

あのショボイ
ジジイが
そんなにスゴイ
のかなぁ…

なんか
ウソくさいわね！

へー火影様って
すごいんだぁ！

お前ら
今
火影様
疑ったろ

…………

ピク

………！

ま…安心しろ
Cランクの任務で
忍者対決なんて
しやしないよ

じゃあ…
外国の忍者と
接触する
心配はないんだァ

もちろんだよ
アハハハ！

ポン

ゾロ
ゾロ
ザッ

キャ——!!

カ…

ボト

ボト

カカシ先生ェ!!

スウ…

!!!!

スウ…

2匹目

47

はずれぬ…！

スタ

!!

56

ぐォ!!

!!

!

フン…

出しゃばりが…

カカシ先生…!

生きてたァ!?

ほっ…

…どうにか助かったわい

カカシ先生……

変わり身使ってたのか……

!

ナルト！
ケンカはあとだ

こいつらの爪には
毒が塗ってある
お前は
早く毒ぬきする
必要がある

傷口を開いて
毒血をぬかなくちゃ
ならない

あまり動くな
毒がまわる

……

タズナさん

ちょっと
お話があります

な…
何じゃ
…！

こいつら
霧隠れの
中忍って
とこか……

こいつらは
いかなる
犠牲を払っても
戦い続けることで
知られる忍だ

…なぜ
我々の動きを
見きれた

水たまりなんて
ないでしょ

数日雨も降っていない
今日みたいな
晴れの日に

あんた
それ知って
何でガキに
やらせた?

私が
その気になれば
こいつらくらい
瞬殺できます
…が…

私には
知る必要が
あったのですよ…
この敵のターゲットが
誰であるのかを…

依頼内容は
ギャングや盗賊など
ただの武装集団からの
護衛だったはず…

我々は
アナタが
忍に狙われてる
なんて話は
聞いていない

つまり
狙われているのは
あなたなのか
それとも我々
忍のうちの誰かなのか…
ということです

?

どういう
ことだ?

これだとBランク以上の任務だ…

依頼は橋を作るまでの支援護衛という名目だったはずです

敵が忍者であるならば…

迷わず高額な"Aランク"任務に設定されていたはず…

なにか訳ありみたいですが依頼でウソをつかれると困ります

これだと我々の任務外ってことになりますね

この任務まだ私達には早いわ…やめましょ！

ナルトの傷口を開いて毒血を抜くにも麻酔が要るし…里に帰って医者に見せないと

ん

……

……

こりゃ荷が重いな！

ピク

ナルトの治療ついでに里へ戻るか

失敗したじゃとォ!!

お前達が元腕ききの忍者だというから高い金で雇ったんじゃぞ!

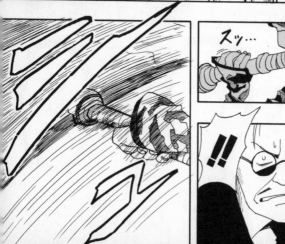

スッ…

!!

64

どんどん任務こなして一人で毎日術の特訓もしてんのに…

オレってば強くなってるはずなのに…

———

オレってばもう一度と助けられるようなマネはしねェ…

おじけづいたり逃げ腰にもならねェ…

オレは サスケにゃ負けねェ…

この左手の痛みに誓うんだってばよ…！

ツー…

オレがこのクナイで……

オッサンは守る

任務続行だ!!!

ヘ…

ぐちぐちうるせーよ
今度はオレ様がこの首斬り包丁で…

そいつを
殺してやるよ

…ほっ…
本当に 大丈夫
だろーな…!

敵も かなりの
忍を雇った
ようじゃし…

そのうえ
鬼兄弟の暗殺失敗で
警戒を強めていると
なると…

このオレ様を
誰だと思ってる
…….

霧隠れの
鬼人と呼ばれたこの
桃地・再不斬をな!

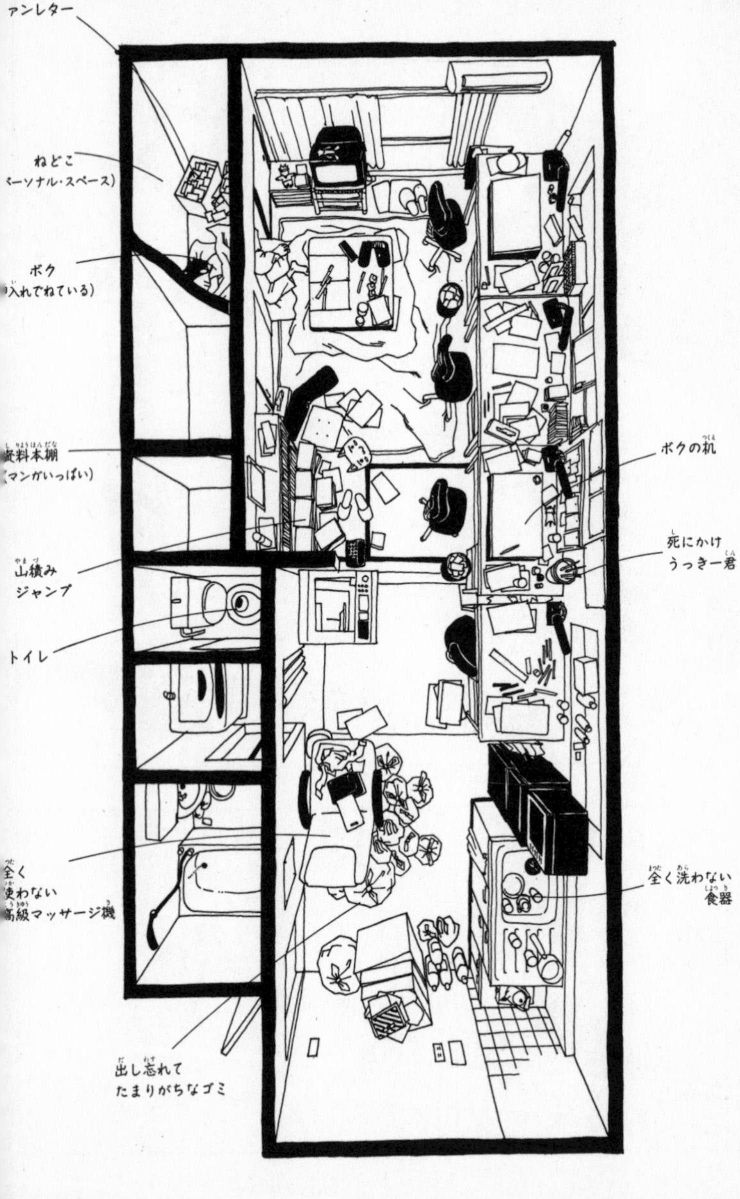

アンレター

ねどこ
(パーソナル・スペース)

ボク
(入れてねている)

資料本棚
(マンガいっぱい)

山積み
ジャンプ

トイレ

全く
更わない
高級マッサージ機

ボクの机

死にかけ
うっきー君

全く洗わない
食器

出し忘れて
たまりがちなゴミ

ナルト……
景気よく毒血を
抜くのはいいが
……

ナンバー11：上陸…！！

……！！

ビクッ

出血多量で
死ぬぞ♡

マジで

……

それ以上は…

どくどく

！

ナルト！
アンタって
自虐的性格ね

それってマゾよ！

ちょっと手で
見せてみろ

イヤー!!

助けて
センセ！

バタ

バタ

ぬおお！ダメ！
それダメ！

こんなんで
死ねるかってばよ!!

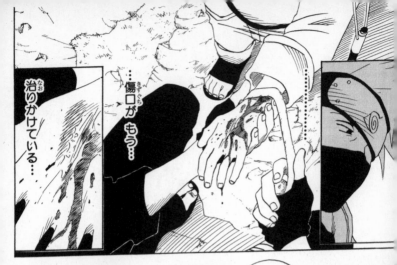

…治りかけている…

…傷口が もう…

…ま！大丈夫だろ

…やはり九尾の力か……

！

あのさ！あのさ！オレってば

大丈夫？

先生ってばけけに重ね

ちょっと

話したいことがある

先生さんよ

…………

11（ナンバー）：上陸（じょうりく）…!!

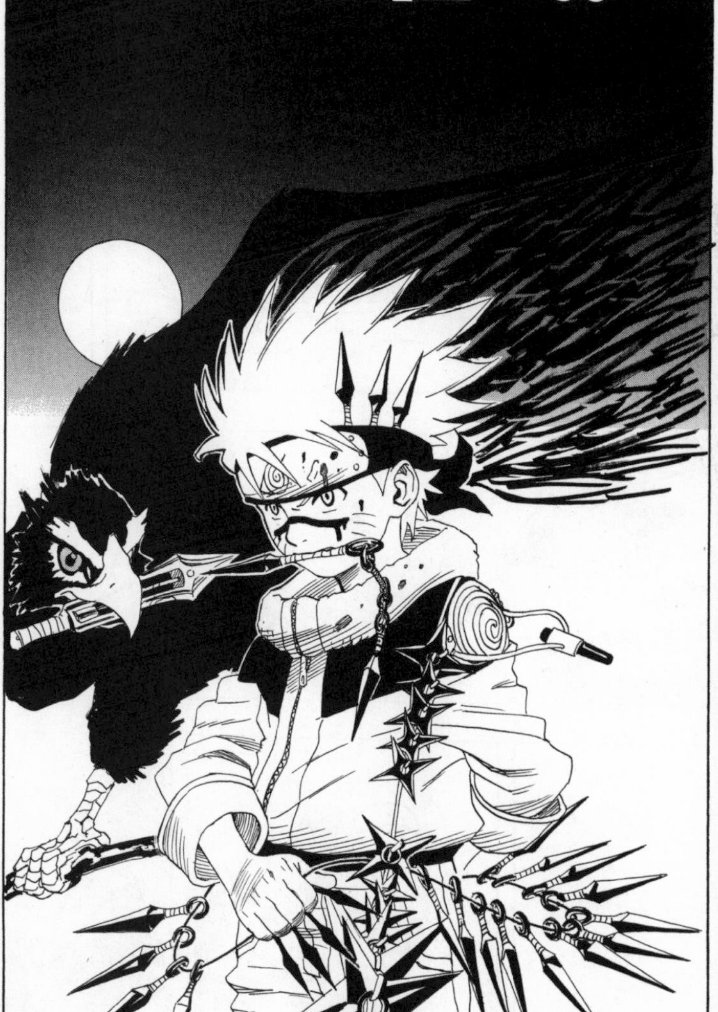

すごい霧ね
前が見えない！

その橋沿いに
行くと
波の国がある

そろそろ
橋が見える

うひょう！でけェ——！！

……

……

……

コ…コラ！静かにしてくれ！

この霧に隠れて船出してんだ

エンジン切って手こぎでな

ガトーに見つかったら大変なことになる

……

先生さんよ

73

海運会社の
大富豪

・ガトーという
・男だ！

え…!?
ガトーって……

…あのガト
・・カンパニーの？
世界有数の
大金持ちと言われる
大金持ちと言われる
・・！!?

そう…
表向きは海運会社として
活動しとるが

裏では
ギャングや忍を使い
麻薬や禁制品の密売…
果ては企業や国の
のっとりといった

悪どい商売を
業としている
男じゃ…

1年ほど前じゃ…そんな奴が波の国に目をつけたのは…

財力と暴力をタテに入り込んできた奴はあっという間に島の全ての海上交通・運搬を牛耳ってしまったのじゃ！

島国国家の要である交通を"独占"し今や富の全てを"独占"するガトー…

そんなガトーが唯一恐れているのがかねてから建設中の…

あ・・あの橋の完成なのじゃ！

…なるほど…で！橋を作ってるオジサンが…

邪魔になったって訳ね…

じゃあ…あの忍者たちはガトーの手の者・・・・・・

？…………

よく分かってないナルト

しかし分かりませんね…相手は忍すら使う危険な相手…なぜそれを隠して依頼されたのですか？

…………

波の国は超貧しい国で

大名ですら金を持ってない

もちろんワシらにもそんな金はない！

高額なBランク以上の依頼をするようなな……

まあ……お前らがこの任務をやめれば

ワシは確実に殺されるじゃろう……が…

なーにお前らが気にすることはない

ワシが死んでも10歳になるかわいい孫が一日中泣くだけじゃ!!

あっ！それにわしの娘も木ノ葉の忍者を一生恨んで寂しく生きていくだけじゃ！

いやなにお前達のせいじゃない！

……………

ま！……しかたないですね

国へ帰る間だけでも護衛を続けましょう！

勝った！

またに最悪の依頼人じゃ…

もうすぐ
国に着くぞ

タズナ…
どうやら
ここまでは

気付かれて
ないよう
だが……

…念のため
※マングローブのある
街水道を
隠れながら陸に上がる
ルートを通る

すまん

※暖かい地域の海岸や海の潮が入ってくる河口などに育つ植物群落のこと。潮が満ちると海に浮かぶ森のように見える。

79

ブーン

ザザザザ

ああ

超悪かったな

オレはここまでだ

それじゃあな

気ィつけろ

次に奴らが

襲って来ると

したら

中忍じゃなく

上忍レベルに

違いない……

あー

やだやだ

はい

はい

よーしィ！

ワシを家まで

無事送り届けて

くれよ

よーしィ…

もうコイツにはいいとこやらねェーぞ!!

そこかぁーーっ!!

ム!

シュビ゛

キョロ キョロ

……

……

し〜ん

……

……

フ…なんだネズミか

そんなとこ初めから何もいやしないわよ！

って何かっこつけてんの‼

コ…コラ！
たのむからお前がやたらめったら手裏剣使うな…
マジでアブナイ‼

ガミガミ

こら！チビ‼
まぎらわしいこと
すんじゃねェ‼‼

む！あそこに人影が見えたような…！

キョロ　　キョロ

……

……

だから
やめろー
!!

ぐがァ!!

バコ

は・
い・
ウソ!

ホ…ホントに
誰かがこっちを
ずっと狙って
たんだってばよ

ガサ

イッチェー!

ずーん

ぴク
ぴク

あ!

バッ

そこかァ
─
!!!

ガサ!!

ピク!

ナルト！なんてことすんのよォ！

なんだ…ウサギか！

あれはユキウサギだ……

今は春だ……

あの毛色は何だ!?

そ、そんなつもりは…ゴメンよ、ラビッちゃん

ユキウサギは太陽の光を受ける時間の長さによって毛の色が変わる

白色は日没が早くなる冬の色だ

（春）毛は茶色

（冬）毛は白い

これは、光があまり当たらない室内で飼われた変わり身用のユキウサギ…

さっそくお出ましか……

この木ノ葉隠れのコピー忍者

写輪眼のカカシがいたんじゃなァ…

なるほど……こりゃあいつら鬼兄弟レベルじゃ無理だ…

コイツは
確か‥‥

‥‥‥‥

フフッ！
来たっ！来たァ‥‥!!!
今度はオレが‥‥!!
サスケにゃ
負けねーぞ!!

へ――こりゃこりゃ

霧隠れの抜け忍
桃地再不斬君じゃ
ないですか

ビクッ！

ス！

ドン!!!

よォーい‥‥

邪魔だ
お前ら
下がってろ

こいつは
さっきの奴らとは
ケ・タが違う

……

こいつが
相手と
なると

スッ…

ガッ…

このまま
じゃあ…

ちと
キツイか…

ナンバー12：終わりだ!!

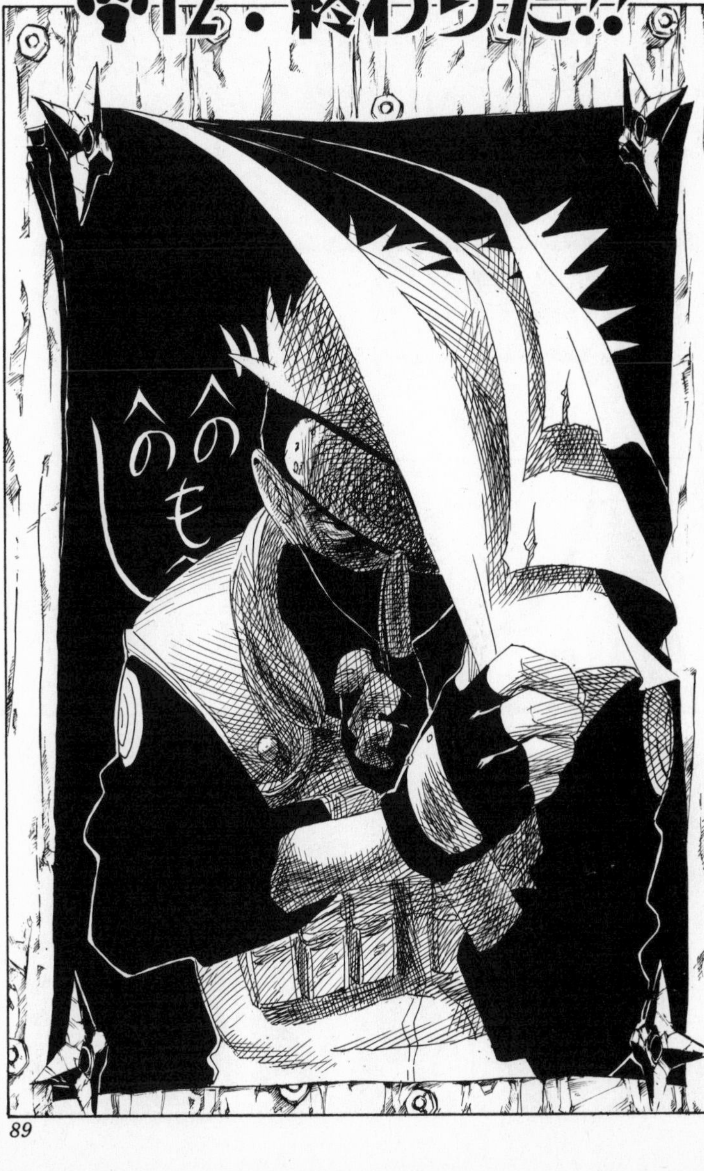

……
悪いが

写輪眼の
カカシと
見受ける…

じじいを
渡して
もらおうか

写輪眼!?

ピカッ

！

？

…え？
……シャリンガン
……？

な…
なんだ それ？
…………

さっきから シャリンガン シャリンガンって…

何だ それ？

…写輪眼

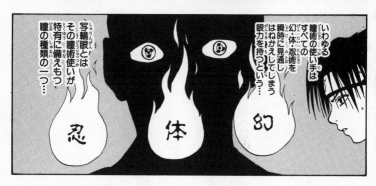

いわゆる瞳術の使い手はすべての忍術を幻・体・忍術を瞬時に見通し はねかえしてしまう眼力を持つという…

写輪眼とはその瞳術使いが特有に備えもつ、瞳の種類の一つ…

忍　体　幻

…しかし写輪眼の持つ能力はそれだけじゃない

え？

クク…御名答

ただそれだけじゃない

それ以上に怖いのは

その目で相手の技を見極めコピーしてしまうことだ

オレ様が霧隠れの暗殺部隊にいた頃

携帯していたビンゴ・ブック手配帳にお前の情報が載ってたぜ

それにはこうも記されてた

千以上の術をコピーした男…コピー忍者のカカシ

なに…なんなの…火影のじいさんにしろこの先生に…しろ

94

そんなにスゴイ忍者だったの!?

…………

…どういうことだ……

ス…スッゲーってばよ!

…………写輪眼は…

ウチハ一族の中でも一部の家系にだけ表れる特異体質だぞ

もしかしてコイツ…

さてと……お話はこれぐらいにしとこーぜ

オレはそこのじじいをさっさと殺んなくちゃならねェ

あそこだ!!

しかも水の上!?

スウ…

かなりのチャクラを練り込んでやがる!

忍法…

すう————…

霧隠れの術

消えた!?

まずはオレを消しに来るだろうが…

桃地再不斬

こいつは霧隠れの暗部で

無音殺人術（サイレントキリング）の達人として知られた男だ

ドクン

ドクー

ドッグン

気がついたらあの世だったなんてことになりかねない

オレも写輪眼を全てうまく使いこなせるわけじゃない…

お前達も気をぬくな！

どんどん霧が濃くなってくってばよ！

8か所

え？

なっ…何なの!?

喉頭・脊柱・
肺・肝臓

心臓・腎臓…

頸静脈に
鎖骨下動脈

……さて…どの急所がいい？ククク…

ピク‥

……

ス…

スゲェ
殺気だ!

…眼球の動き
ひとつでさえ
気取られ
殺される
そんな空気だ

…小一時間も
こんなところに居たら
気がどうにか
なっちまう!

上忍の殺意…
自分の命を握られてる
感覚…

ダメだ…
これならいっそ
死んで楽に
なりたいぐらいだ…

安心しろ

お前達は
オレが死んでも
守ってやる

サスケ…

!

オレの仲間は

絶対 殺させやしなーいよ！

それは……どうかな……？

スク‥

先生!!
後ろ!!

ギ

ゴビ!!

パシャ!!

！

終わ・り・だ・

‥‥‥‥‥ クク

ハハ‥‥

ス‥スッゲ

——!!!

‥‥‥‥‥

…サルマネごとき じゃあ…このオレ様は 倒せない

絶対にな

！

クク・

‥‥‥

終わりだと

…分かって ねェーな

クク……

しかしやるじゃねェーか！

……あの時すでにオレの"水分身の術"はコピーされてたって訳か……

オレの仲間は

絶対殺させやしなーいよ！

分身の方にいかにもらしいセリフをしゃべらせることで…

オレの注意を完全にそっちに引きつけ

本体は"霧隠れ"で隠れてオレの動きをうかがってたって寸法か

けどな…

オレも そう
甘かぁねー
んだよ

そいつも
水分身ー!!?

108

13(ナンバー)：忍者(にんじゃ)だ!!

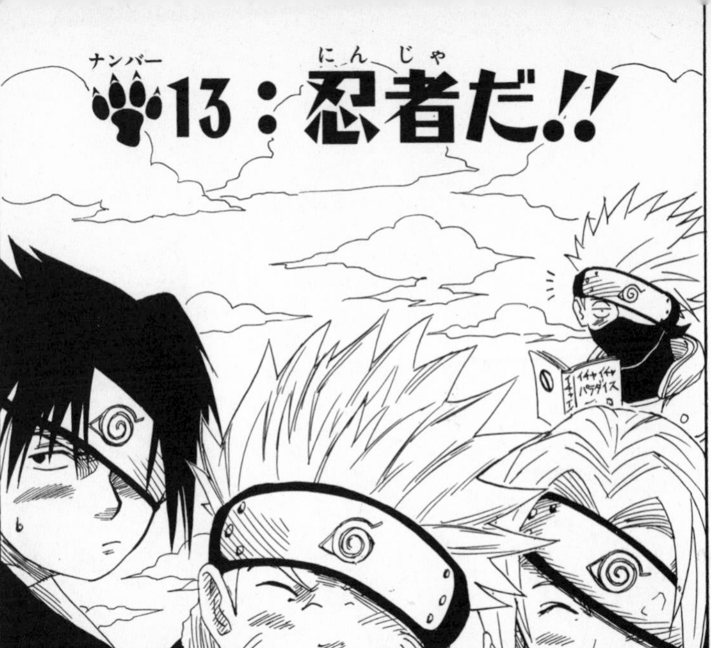

水分身の術!!

…さてと…カカシ　お前との決着は後回しだ

…まずはアイツらを片付けさせてもらうぜ

お前に動かれるとやりにくいんでな

くっ…ここまでの奴とは

ククッ…偉そーに額あてまでして忍者気どりか…

だがな本当の"忍者"ってのはいくつもの死線を越えた者のことをいうんだよ

ただの
ガキ
だ

ぐっ!

お前らァ!!
タズナさんを
連れて早く
逃げるんだ!!

コイツと
やっても
勝ち目は
ない!!

オレを
この水牢に
閉じこめている限り
こいつは
ここから動けない!

水分身も
本体から
ある程度離れれば
使えないハズだ!!

とにかく
今は逃げろ!

...これが上忍...
これが本当の忍者...

...逃げなきゃ...
このままじゃ...

....
マジで!!
マジで!!

殺されるゥ!!!

ダッ

この左手の痛みに誓うんだってばよ…!

………

オレってはもう一度と助けられるようなマネはしねェ…

おじけづいたり

逃げ腰にもならねェ…

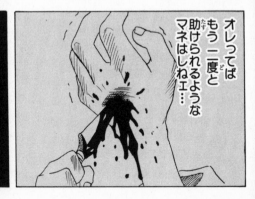

117

ケガは
ねーかよ

ビビリ君<ruby>君<rt>くん</rt></ruby>

オレは
サスケにや
負<ruby>負<rt>ま</rt></ruby>けねェ…

‥‥‥‥

…あ—
これか…!?

ダメダメ!!
これは学校<ruby>学校<rt>がっこう</rt></ruby>を
卒業<ruby>卒業<rt>そつぎょう</rt></ruby>して
一人前<ruby>一人前<rt>いちにんまえ</rt></ruby>と
認<ruby>認<rt>みと</rt></ruby>められた
あかしだからな!

先生<ruby>先生<rt>せんせい</rt></ruby>は
木<ruby>木<rt>こ</rt></ruby>の葉<ruby>葉<rt>は</rt></ruby>の額<ruby>額<rt>ひたい</rt></ruby>あて
ちっとどやらじて—♡

おめでとう

卒業…

ナルト…ちょっとこっち来い

お前に渡したいもんがある

ごーかっく♡

任務は命がけの仕事ばかりだ

どいつもこいつも忍者になる資格もねェガキだってことだよ

火影を超す!!!

ンでもって里の奴ら全員にオレの存在を認めさせてやるんだ

いつまでもじいちゃんが思ってるようなイタズラこぞうじゃねェんだぞ!

そうだ……オレってば忍者になった

それにもう逃げねェって決めただろ!

スウッ…

……逃げねェって……!

ギリッ……

バ…バカよせ!

ヂ゛ッ゛

うおおおお!!!

フン…バカが

あ!ナルトォ!!何考えてんのよ!

あいっ…

一人で突っ込んで何考えてんのよ！

いくらいきがったって

下忍の私達に勝ち目なんてあるわけ…

え…！？

……額あてを…!?

ぐっ…

おい…
そこのマユ無し

ハァ　ハァ

………

ピク…

…お前の
手配書に新しく
のせとけ！

いずれ
木ノ葉隠れの
火影になる男

スウ…

スウ…

…ほほ…このチビ…

最初 見た時は 超頼りなかったのに…

…ナルト…

何だ

作戦がある

サスケ！ちょっと耳貸せ

何… なんなの この気持ち…

ナルトってこんなに…

フン あのお前がチームワークかよ…

…この状況で作戦だってか… コイツ

暴れるぜぇ…

さーて

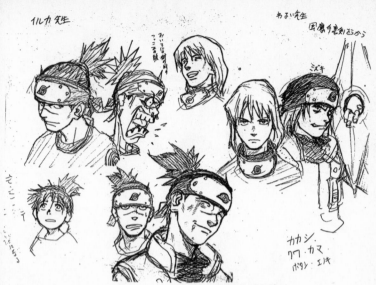

イルカ先生

おい先生何でそんなフニャケた顔

あまい先生

図鑑で元気のむから

ミズキ

えーと、こーいう

カカシ.
クワ・カマ
ボタン：エノキ

これはイルカとミズキの初期設定。

ミズキはコミック１巻のやつとくらべてもらうと分かるんですけど前髪がセンター分けにかわってます。あとは、ほとんど同じ。

イルカはちっと目つきが悪い感じでホホ骨が少し出てるゴツゴツした感じだったんですが、もう少しまろやかな感じで若くしました。

それと、もう１つ。このイルカとミズキの先生初期設定を決めてる時、次に出す先生の名前も同時に決めてまして、上のカットの右下の方…、カカシ、クワ、カマ、ボタン、エノキ…、これらの名前を思いつき、どれにしようかと書きとめておいたものです…。
そういえば最後までカカシかエノキか迷ったなあ…。
今から思うとホント、カカシにしてよかった。

さーて

暴れるぜェ…

ナンバー **14**：秘策…!!

勝算は あるのか

クク… えらい 鼻息だが

マ…
マズイぞ

お前ら
何やってる
逃げろって
言ったろ！

オレが捕まった時点でもう白黒ついてる

オレ達の任務はタズナさんを守ることだ!!

それを忘れたのか？

なぁに……

…………

おっちゃん

………

もとはといえば
ワシがまいたタネ

この期に及んで
超命が惜しい
などとは言わんぞ

すまなかったな
お前ら……

思う存分に
闘ってくれ

……という訳だ

覚悟はいいな…

フン

クックックックッ……

クッ…

スゥ…

オレぁよ…

いつまでも忍者ゴッコかよ

！

なにィ‼

ほんっとに！成長しねえな

お前らくらいの歳の頃にゃ

もうこの手を血で紅く染めてんだよ…

鬼人…再不斬！

ほう…少しは聞いたことがあるようだな

その昔

"血霧の里"と呼ばれた霧隠れの里には

忍者になるための最大の難関があった…

フン…

…あの卒業試験まで知ってるのか…

なんなんだってばよあの卒業試験って？

ククク

……あの卒業試験……？

！

クックックッ

131

生徒同士の"殺し合い"だ

‥‥‥‥‥

え‥‥‥？

ひどい‥‥

‥‥‥‥‥‥

同じ釜の飯を食った仲間同士が2人一組になりやり合う‥‥

どちらかの命尽きるまで‥‥‥‥

それまで助け合い夢を語り合い競い合った仲間だ‥‥

10年前…
霧隠れの
卒業試験が

大変革を
遂げざるを
えなくなる

……
その前年
その変革の
きっかけとなる

悪鬼が
現れたから
だ……

変革って…?
その悪鬼が
何したっていうの?

……

変革…?

なんの
ちゅうちょも
なく…

なんの
ためらいも
なく…

まだ忍者の
資格も得ていない
幼い少年が

100人を超える
その年の受験者を
喰らい尽くしたんだ
…

死ね…

ガシ

!!

サスケくんっ!!!

……

影分身の術!!!

くらえオ—!!

!!!...

ほー…
影分身か

それも
かなりの
数だな…

いくぜェ

!!!!

137

ドガガ

スポ

ゴゴ

こいつを倒すにはもうこの手しかねェ!!

やっぱり超無理じゃ…あんなのに勝てるわけがない!!

パン

バッ

!!

サスケェ

!!

ガガガ

!!

なるほどそういうことかよ。ナルト…

お前にしちゃ上出来だ

139

なるほど
今度は
本体を狙って
来たって訳か…

が…

甘い！

バラ！！

スウ‥

これは
影手裏剣の
術！！

手裏剣の
影に
手裏剣が
……！

！！！

え？

!!

144

15：甦る写輪眼‼

ナンバー15：甦る写輪眼！！

カ…カカシ先生!!!

ナルト…
"作戦"見事だったぞ……

ぷはぁあっ!!

あの"影分身"の狙いは再不斬を倒すことじゃなくオレ自身が"風魔手裏剣"に化けるのを隠すためだったんだってばよ!

もちろんそれだけで倒せるとは思ってなかったけど水牢さえぶち壊せればと思ってね

成長したな…お前ら…

へへ…

[本体]

[本体]

[分身]

[分身]

こっちは分身

こっちが本体

本体は変化!手裏剣に化けて折りたたんでおくのだ

サスケにあらかじめ持っていた もう一枚の手裏剣と重ねて投げる!!

サスケに投げ渡すのだ!!

分身の方に手裏剣(実は本体)を持たせて…

影分身は目くらまし!実は2人になれればいいのだ

とかされたんだろ

違うな!術はといたんじゃなく

カッとして水牢の術をといちまうとはな…

へっ…

水遁水龍弾の術!!

パシャ
パシャ
パシャ パシャ

!!!!

スッ

ノバシャ!

ノバシャ!

完全に…

こいつ…オレの動きを

読み取ってやがる

!!!

こいつ…

くそ！

？
なに!?

オレの心を先読みしやがったのか？

!!!

むなくそ悪い目つきしやがって…

か？

フッ…
しょせんは
2番せんじ

お前は オレには
勝てねーよ
サルやろー!!

てめーの
そのサルマネ口…
二度と 開かねェ
ようにしてやる!

!!!

ピクピクイ

あ…
あれは!

!!!

そ…そんな
バカな!!

奴の幻術か?

オレ?

水遁大瀑布の術!!!

な…
なにィ

バカな!!

ぐっ…

終わりだ…

ナゼだ…

…………

お前には未来が見えるのか…!?

あぁ……

お前は死ぬ

けっこうこの**イチャイチャパラダイス**のことに
ついておしえてくれ！というオハガキを多く
いただいたので、ちょっとこの本について書きます。

イチャイチャパラダイス上・中・下巻
　　カカシの愛読書である！
　　内容は‥‥‥‥‥‥‥‥
‥‥‥‥‥‥‥‥‥‥‥‥‥
‥‥‥‥‥‥‥‥‥‥‥‥‥
‥‥‥‥‥。
やっぱり少年コミックなので語れません！
ごめんなさい！
ただ**イチャイチャバイオレンス上巻**も
カカシいわく近日発売らしいとのことです。

……
確かに
死んでるな…

……
……

169

確かその面

お前は霧隠れの追い忍だな

……

ボクはずっと確実にザブザを殺す機会をうかがっていた者です

ありがとうございました

追い忍？

さすが…よく知っていらっしゃる

……

…背たけや声からして

まだナルト達と大して変わらないってのに…

追い忍か…

そうボクは "抜け忍狩り" を任務とする

霧隠れの追い忍部隊の者です

ただの
ガキじゃないね
ど――も…

なんなんだってばよ!!!

お前は!!?

安心しろ ナルト
敵じゃないよ

！

スッ

！ ！

あんなに
強えー奴が…

あのザブザが…
あのザブザが
殺されたん
だぞ!!

ンなこと 聞いてんじゃ
ねーの!
オレってば!!

オレと変わんねェ
あんなガキに

簡単に殺されちまったんだぞ！
オレ達 バカみてー
——じゃん！

納得できるかァ!!

ま！

信じられない
気持ちも分かるが

が

これも事実だ

ポフ.

！

この世界にゃ
お前より年下で

オレより強いガキもいる

…………

······

...あなた方の闘いもひとまずここで終わりでしょう

ボクはこの死体を処理しなければなりません

なにかと秘密の多い死体なもので...

...それじゃ失礼します

消えた!!

174

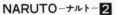

さ！
元気よく
行くぞ！

オレ達も
タズナさんを
家まで連れて
いかなきゃ
ならない

ハハハッ!!
皆超すまん
かったのォ!

ま！
ワシの家で
ゆっくり
していけ！

か…
体が
動か…
ない…

…写輪眼を
使いすぎたな…

なに!?
え…!?
どうしたの!?

カカシ
先生——!!

ドサ…

タズナの娘
ツナミ(29)

いや…!
一週間ほど
動けないんです…

大丈夫かい?
先生!

なぁーにょ!
写輪眼って
スゴイけど

体にそんなに
負担が
かかるんじゃ
考えものよね
!!

でも ま！
今回 あんな
強い忍者を
倒したんじゃ

おかげで
もう
しばらくは
安心じゃろう！

それにしても
さっきのお面の子って
何者なのかな？

アレは霧隠れの
暗部…

追い忍の
特殊部隊が
つける面だ

彼らは通称
死体処理班とも呼ばれ
死体をまるで消すかの
ごとく処理することで

その忍者が生きた
痕跡の一切を消す
ことを任務としている

忍者の体は
その忍の里で染みついた
忍術の秘密や
チャクラの性質…

その体に用いた
秘薬の成分など
様々なものを
語ってしまう…

たとえば
オレが死んだ場合…
写輪眼のような
特異体質の秘密は
全て調べあげられて
しまい…

下手をすれば
敵に術ごと
奪い取られてしまう
危険性だってある
わけだ…

忍者の死体は
あまりにも
多くの情報を
語ってしまう

つまり"追い忍"とは…
里を捨て逃げた
"抜け忍"を抹殺し
その死体を完全に
消し去ることで…

里の秘密が外部に
漏れ出てしまうことを
ガードする
スペシャリストなんだ

…じゃあ
あのザブザも
死体バラバラにされて
消されちゃうのォ…

こわぁ～～～～！！

それが忍者の
最後だ

音もなく
嗅もない…

まずは口布を切って…血を吐かせてから…

もう生きかえっちゃったんですか…

なんだぁ…

あ！ザブザさんこそあまり手荒に抜かないでください本当に死にますよ

…

…お前は

…ったく手荒いな

ブシッ！

いつまでそのうさんくせー面つけてんだ！ハズせ

それにサル芝居にも使えたので…

カパ

かつての名残でつい…

ボクが助けなかったら
アナタは確実に
殺されてましたね

仮死状態に
するなら
わざわざ首の秘孔を
狙わなくても…
もっと
安全な体の
ツボでもよかった
だろーが…

…相変わらず
嫌なヤローだな
…お前は…

…………

よし！

！そうですね

182

それに筋肉のあまりついてない首の方が

確実にツボを狙えるんです

ザブザさんのキレーな体にはキズを付けたくなかったから…

でも…ザブザさんならじき動けるようになりますかね

……一週間程度はしびれて動けませんよ

フフ…

ボクはまだ子供ですから

…まったくお前は純粋で賢く汚れがない…

…そういうところが気に入ってる

…いつの間にか

…霧が晴れましたね

次なら…写輪眼を見切れる

…次

大丈夫ですか？

あら
カカシ先生
起きたの？

バカ！
もっとうまく
やんなさいよ

もう少しで
マスクの下
見れたのに

何だ…
奴は死んだというのに…
この言い知れぬ
不安感は…

重大な何かを…
何かを見落としている
気がする…

違う……
何かが変だ…

まさか……
オレと見落としたことが
見落としていた!?

・・・・・・・

死体処理班って
のは
殺した者の死体は
すぐその場で
処理するものなんだ

ん?

ああ…

どうしたんだ
ってばよ!
先生?

それが何なの？

分からないか？

あの仮面の少年は再不斬の死体をどう処理した？

は？

知るわけないじゃない！

だって死体はあのお面が持って帰ったのよ

そうだ…

殺した証拠なら首だけ持ち帰れば事足りるのに…だ

!!

……………

…ただの千本…

それと問題は追い忍の少年が再不斬を殺したあの武器だ…

まさか…

・・・・・・・

さっきから
グチグチ
何を言っとるんじゃ
お前たち…!?

あーあ…
その
まさかだな

？

おそらく

再不斬は
生きてる！

？

ど——ゆ——ことだってばよ!?

再不斬が死んだのちゃんと確認したじゃない!!カカシ先生

確かに確認はした…が

あれはおそらく…

仮死状態にしただけだろう…

あの追い忍が使った千本という武器は

急所にでも当たらない限り殺傷能力のかなり低い武器で…

そもそもツボ治療などの医療にも用いられる代物だ

別名死体処理班と呼ばれる追い忍は人体の構造を知り尽くしてる…

おそらく人を仮死に至らしめることも容易なはず

1、自分よりもかなり重いハズである再不斬の死体をわざわざ持って帰った…

2、殺傷能力の低い千本という武器を使用した

この2点から導きだせるあの少年の目的は…

再不斬を殺しに来たのではなく助けに来た"

そう取れないこともない

……追い忍は抜け忍を狩るもんじゃろ！

……超考えすぎじゃないのか？

いや…
クサイとあたりをつけたのなら

出遅れる前に準備しておく…
それも忍の鉄則！

！

ま！
再不斬が死んでるにせよ生きてるにせよ

ガトーの手下にさらに強力な忍がいないとも限らん……

ク…ク…

？

先生！出遅れる前の準備って何しておくの？

先生とーぶん動けないのに…

……………

フッ…あの再不斬が生きているかも知れんと聞いて喜ぶとはな…

お前達に修業を課す!!

先生!!
私達が今ちょっと修業したところでたかが知れてるわよ!!

相手は写輪眼のカカシ先生が苦戦するほどの忍者よ!!

私たちを殺す気か——っ!!

えっ!…
修業って…!!

しゃー

にょ

内なるサクラ

サクラ…
その苦戦しているオレを救ったのは誰だった…

お前達は急激に成長している

とくにナルト!!

！

お前が一番伸びてるよ!!

確かに　前よりは
なんか
たくましくなった
気はするけどさ…

とは言ってもだ

おれが回復するまでの
間の修業だ…
まあ　お前らだけじゃ
勝てない相手に
違いはないからな…

でも　先生!!

再不斬が
生きてるとして
いつまた
襲ってくるかも
分からないのに
修業なんて…

その点に
ついてだが…

いったん
仮死状態に
なった人間が

元通りの体に
なるまで
かなりの時間が
かかることは
間違いない

その間に
修業ってわけだな!

面白く
なって
来たってばよ!

!? !!

お前は誰だー!!

面白くなんかないよ…

おおイナリ!! どこへ行ってたんじゃ!!

お帰り…じいちゃん…

………

イナリちゃんとあいさつなさい!

おじいちゃんを護衛してくれた忍者さん達だよ!

いいんじゃいいんじゃなぁイナリ

ヒーローなんてバッカみたい!!

そんなのいるわけないじゃん!!!

………

死にたくないなら早く帰った方がいいよ…

やめなさいってば!!

プチ

な…なにを——!!

スッ

部屋で海を眺めるよ…

どこへ行くんじゃイナリ

200

ではこれから修業を始める!!

押忍!!

お前らの忍としての能力チャクラについて話そう

と…その前に

あのさ!!あのさ!

?

聞いたことあるよーな…ないよーな

チャクラってなんだったっけ?

アンタ それでよく忍者やってるわね!

学校で何習ってたのォ!?

へへ…オレってば難しい授業寝てばっか だったからなァ…

……ダメだこりゃ…

いいナルト!! 面倒くさいからそのツルツルの脳ミソに何とか刻み込んじゃってちょうだい!! 良く聞いて簡単に説明しちゃうわよ!!

サクラくん

ハイ!

～美少女ノ一・サクラの教えてあ・げ・る❤～
"チャクラ"の巻!!

チャクラっていうのは簡単に言えば忍が"術"を使う時に必要とするエネルギーのことを言うの

そのエネルギーはおおまかに

①人体におよそ130兆個存在すると言われる細胞の一つ一つからかき集めて生み出す身体エネルギー

と

多くの修業や経験によって積み上げられる精神エネルギー

の2つで構成されるのよ!

つまり"術"っていうのはこの2つのエネルギーを体内から絞り出し練り上げ(=これを"チャクラを練る"という)という意志である"印を結ぶ"というプロセスをたどってやっと発動されるってワケ!!

美少女?

術

(火遁の術)例

身精

印

※わからなかったら何度でも読む!!

そんな難しい説明は分かんないけどそんなの体で覚えるもんだろー!!

何だよ!何だよ!

ムカ!

そのとーり!

イルカ先生もいい生徒を持ったもんだ

エッヘン

お前らはまだチャクラを使いこなせていない!!

いーや!

現に俺たちは術を使えている…

ナルトの言う通りだ…

まぁ 聞け…

！

なにィ!!

203

チャクラ

身体エネルギー

精神エネルギー

身体エネルギーと精神エネルギーを取り出し、体内で混ぜ合わせることをいう

さっきサクラが言ってくれた通りチャクラを練り上げるとは

今のお前らはチャクラを効果的に使えていない！

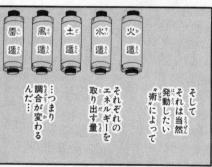

雷遁 風遁 土遁 水遁 火遁

…つまり調合が変わるんだ…

それぞれのエネルギーを取り出す量

そしてそれは当然発動したい"術"によって

術によってバランスよくコントロール出来なければ

いくらチャクラの量を多く練り上げることが出来ても…

術の効果が半減してしまうばかりか下手をすると術自体が発動してくれない

204

そしてエネルギーを無駄遣いしてしまうため長い時間闘えない…などの弱点が出来てしまうわけだ

ど…どうすればいいのかな…

体でそのコントロールを覚えるんだ

命を張って体得しなきゃならないツラーイ修業！

なっ…何をやるの？

木登り…！！

ん!?

■ジャンプ・コミックス

NARUTO -ナルト-

②最悪の依頼人

2000年6月7日	第1刷発行
2002年1月26日	第8刷発行

著者　　岸本斉史

©Masashi Kishimoto 2000

編集　ホーム社

東京都千代田区一ツ橋2丁目5番10号

〒101-8050

電話 東京 03 (5211) 2651

発行人　　山路則隆

発行所　　株式会社 集英社

東京都千代田区一ツ橋2丁目5番10号

〒101-8050

03 (3230) 6233 （編集）

電話 東京 03 (3230) 6191 （販売）

03 (3230) 6076 （制作）

Printed in Japan

印刷所　　共同印刷株式会社

ISBN4-08-872878-5　C9979